U0695747

嘉励 著

米克诺斯岛
的月光

———

Moonlight over
the
Mykonos Island

SPM
南方传媒 | 花城出版社

中国·广州

图书在版编目（ＣＩＰ）数据

米克诺斯岛的月光 / 嘉励著. -- 广州 ： 花城出版社，2024.5
ISBN 978-7-5749-0266-4

Ⅰ．①米… Ⅱ．①嘉… Ⅲ．①诗集－中国－当代
Ⅳ．①I227

中国国家版本馆CIP数据核字(2024)第111054号

出 版 人：张 懿
策划编辑：林宋瑜
责任编辑：林 菁 杨柳青
责任校对：卢凯婷
技术编辑：林佳莹
装帧设计：萨福书衣坊
内文摄影：嘉 励

书 名 米克诺斯岛的月光
　　　　 MIKENUOSI DAO DE YUEGUANG
出版发行 花城出版社
　　　　 （广州市环市东路水荫路11号）
经 销 全国新华书店
印 刷 广东鹏腾宇文化创新有限公司
　　　　 （广东省珠海市高新区唐家湾镇科技九路88号10栋）
开 本 880毫米×1230毫米 32开
印 张 5.375 2插页
字 数 80,000字
版 次 2024年5月第1版 2024年5月第1次印刷
定 价 69.00元

如发现印装质量问题，请直接与印刷厂联系调换。
购书热线：020-37604658　　37602954
花城出版社网站：http://www.fcph.com.cn

目录 | CONTENTS

我会哼唱与热舞

米克诺斯岛的月光

不在事物本身

骰子飘在半空中

时间一直和我们一起

我会哼唱与热舞

我会哼唱与热舞

最后，你获得盔甲卸落的舒适感

烟和酒气

在房间悬止，似星云

城市活色生香

一头火炬，将下午引燃

"仁慈和尊重很重要！"

附庸艺术者与过气偶像们，不许抱怨

谁将母题脱落

导致你走走停停

越靠近迷人的表达

你的腰肢越发恰当

无需编排，判断是主观的，气质而小众

总有人沉溺于绿色风衣的学院式旋涡

"我会回来，请你们学会涵淡的口吻"

不要冷空气

不要安放镜子

"我会哼唱与热舞

我有消除一切沉默与空虚的法宝"

我们如何能了结过去

尽管喝酒
夜空布满意义的疑云

左右冲突与破碎，隐秘的欲念
杯子还在噼啪作响
身体逐渐模糊如海绵

少女自弹自唱，一片诱人而虚空的水域
光影成深渊

各人都在既定的路径绕圈
但是你听过覆舟的愉悦吗

不必遵循书籍的指引
"爱只占了小而又小的部分也锥心痛着"

不必获得救赎

"你明天就忘了我"，当然
我们如何能了结过去

她只是经过

被夜晚凝视，情绪的频率
敲打她的听觉

以至于她想辨别，秘密的真假
分散的事物组合出一个故事的完整

但是，使人信任的声音没有出现
她感受深处的褶皱，张开喉咙

想要呐喊，或抚平自己
她站到源头，以宽容的手势

结束是不可避免的
不作抉择，她只是经过

生日

我的复杂化是赠送给你的藉口，我乐于
让事务成为隐身之处

干燥的情节分离故事
可以问询或陈述的，最终归于沉默
……端坐，寂静即庄严

在十二月或某月
在不能重复的某日

你也不能成为
两个月亮闪耀幽蓝海面
但愿有人忠于他们的缺点

面对蛋糕上神圣的烛火

我要"带着优雅与感恩"

而你，"将再次面对每一条颠簸的道路"

"重叠与边界"

勿躲避，这重叠之光

已给你启示

水天一际，你将织成无数神秘之网

使你头痛的罡风式微

澎湃被抑制下去，勿昏睡

看看黑暗中的海——生活的边界

如今荣耀归于虚无

只有劳作，是火焰上循环添加的松枝

种子随着风浪飘流，在陌生一域

伸张它的叶羽，果实俊俏磊落

无数脚印随沙砾而隐没
你曾多么喜欢触碰它松散的根基

坚定而缓慢地，消融如冰山
有关记忆，悲伤或等值的金币

是时候把它们交给劫掠者
只留下月光与线条的湿润

柬埔寨小札

其一　僧侣或其他

船女在河涌里洗浴
讨要美金的孩童们向游客簇拥
……
僧侣缓步走过

黝黑削瘦，譬如他们的思想
也被我想象成
这个地域苦难的宿命

一尾蜥蜴
在僧袍后慌不择路
如我每次的快门
慌张着，终于在饥渴或污秽间

定格成一抹新世界的晦涩

其二　空中宫殿

她的生命，妖冶如蛇舞
而今蜕成的意象
是枯若鱼骨的树冠
干涸莲池，断垣零立

曾有堂皇的群象迤逦行过
见证观台的上方，国王一夕雄心
化为壮丽的空中宫殿
旋即王朝随欲火灰飞烟灭……

解梦人说
陪她入睡吧，与她缠绕
请在睡梦中刺中她的心脏

其三　油桐

夜晚的火种，来自
挂满蝙蝠的油桐

闪耀而明媚地恰到好处
使我得以忘却
平素它孤高又苍白

暴晒持久
叫人乏味而涣散
热带植物的庞然阴影
仿佛清静的戒律

蝙蝠睡去
鸟的影子撩拨

此在或来处源生了美？
几乎离开了某事某物
又意识到它们的关联

其四　一瞬间的闪电

垂下的竹帘，热空气
止于凉亭外一池白莲

回廊有孔雀起舞之气息

我们新尝名曰"圣杯"的红酒

尘世的快乐也许简单
只需更多生活的细节

几滴落在按摩院小径的雨
成为此时念想

……最好还有
一瞬间的闪电

其五　古墓丽影

浓密而散乱着，灌木覆盖浮雕
树根掀翻精美石刻
野猫窜行，与我同步
在扬尘的光束里朗然照见
时光的告诫
你也曾是纤纤少女

今生的钥匙在谁的手中
缕缕白云薄如羽翼，流过天穹

宇宙中的来去

濒临逝去才贪恋生时轻盈鲜亮

神仿佛在石头间沉睡

世事如棋参照星空的排列

我离去时，丽影斑斓

莲池静谧，浮出盏盏黄花

其六　之后的旅程

烈日无边照拂

已将心火煨热

菩提的枝桠被风绊倒

砂岩上，仓皇夺路的蚁蝼们

天命反侧，何罚何佑？

……倚石窗而坐

强烈而不能通透的心怀

假寐或梦

静候一场暴雨

而神的示意是

他允许我片刻或持久地休息

继续之后的旅程

D 小姐

明亮的开始，你

额头泛着光泽

生活递以芥末，肥美的生鱼

资本主义加速涌来

人人需要一个心脏起搏器

自诩知识驾驭了新鲜事物

欣然接受——

名单，不断加长的客户

摇摆，良知的天平

破碎的规则之镜

货不对板，权力与暴富的码头

你想抽离

从无法停顿的巨轮

大师说

"卸下超载之物

否则失去平衡"

无聊生物的一日三餐

吞噬它们自身

从此去做漂泊者

一个人面对世界

在自然中散漫地呼喊

并受她的爱抚与垂怜

走得更远

或者禁闭，半跏趺坐

于寂静，于黑暗

譬如羔羊之于恶狼

闪电与星星眷顾她

认真忏悔……

认真地宽恕

当再次穿上少女的衣裙

眼神放松，如入梦境，但

……不断地摔跤，缺氧

险些不能苏醒

"随性或疏乎，

已导致人生致命的漏洞"

幻想……否定

美如"寒夜灯柱"

童年的良善竟成焦虑的基色

高知不是疯狂时代的宠儿

这一次

你以何执业，以何疗愈

将纯粹的哭泣歇止

抽象的心智之光扫过浅滩

高潮与低迷皆已过往

真实的堤岸隐现

人要如何完成她自己

梦境轻轻翻身

她已不再急于回敬

告白

现在，如果我有什么与众不同
是联想到科塔萨尔的一刻
将酒杯轻轻镇在米字格
灵魂飞得无影无踪
而我的身体，仅仅维持
一种中庸的面貌

昨天或者更早
热闹包围了我
驻足一个个世界的中心
辉煌之夜，繁星闪耀
甚至在梦中
不记得何种宁静
曾在胸间激荡

其余的，我都已呈现

笔墨在白纸中向我呼喊自然

一切哀荣归于沉寂

如今这沉寂

做了我灵魂和肉体的伴

词

我们充分谈论它
一种兴奋的，最终不可名状的
像前方暗蓝色天空下
扑面而来山与海的那种况味

"好像童年又回来了"，注定
我们与这样的时刻相遇

匆忙的旅程中，掉落的词语
都是坚硬的石头，使人清醒
又让人酸爽不已，它将你愚弄
在多次剧烈地碰撞后

你只好再次赢得它
一些清洁的，肯定的酷词

恰如迷人的巧合与神圣的和谐

在酒而醺醺然

你吊着眉梢噘着嘴儿

走向卧房的深夜

它在你的喉咙边

在轻巧的梦里，你回忆它的模样

它确切地蹦了出来

最应学会妥协

我模仿内在的自己
卑谦与温柔在肩膀聚集
纤薄的翅膀伸出来，抖动
跟随轻微的风，快让我离开
熟悉土地上的囚徒们吧

既然你出现，请指引我
精通与浪漫有关的全部事物
运用意念，自律与勇气
让红底鞋跨过灰色栅栏
去觐见神奇的神话生物

用你的手指明一个莫须有的方向
将引人入胜的我，最应学会妥协
懂得放弃圆满

允许保持自己的节奏

缓慢到达

计划

永远是，盛大而明亮的樱花

点燃了梦，而醒来时

裙子里藏着深雪

太迟，但可以想象

空洞如水的沉默

已将日子砸成一口扁钟

不必旋转纠缠

如果可以各自起伏

我们是不是就不再孤单

尝试去修补

哀毁的肉体

专注地进入自己

像天鹅潜水般，努力完成自己

障碍物也许自动移开
在旋涡中寻找方向的人
不再沮丧，花束
雨水滋润你们手中的萎靡

从南方高速带来的火

乡村边缘，万物在薄雾中氤氲
玫瑰紧闭，微微散发胭脂色香气
菖蒲将一小片池塘占领
四围是绿色声音

一只猫，通体透明，在房子中来回走动
从南方高速带来的火
使我们的幸福，融于落日的黄金
不断倾斜与流动

浴袍爬上酒杯的光晕
从商店包回食物
麻雀立在潮乎乎的屋檐
盛满了白昼与秘密

昏昏欲睡的昆虫们，选择在此时结茧
侵占与反抗，嫉妒与认同
这一刻也许晦涩
未来可要无比庄重呀

闷热的寂寥里
眼色继续忐忑迷离
直至暗黑完全笼罩了泳池
除了躺椅边的救生圈

没有备选计划
穿过围墙外的草丛
是不太可靠的地界
放弃扮演逃脱术大师

猛虎

未知时间的交界　星子们
从嫣红的酒色中逃逸，昏昏壁立

一种茫然升起
如偌大空间里的猛虎

质疑它的存在
或视之为戏论

不
你不比平时生发更多智慧

花火零星的魔法
握不紧嗔痴的绳索

最终败坐于摇晃的行舟

深渊一再出现

留下我们

在空空的时间里颖悟

米克诺斯岛的月光

双子座

垂柳，夕光
拂过绛紫的牵牛

我插瓶在茶台
进入双子座的仪轨

茶水正润泽苍白的声线
鼻翼闻香辨识，舌尖在躲猫猫

以修辞之角力
传杯换盏

将两个白日梦推塌
又筑起，一座沙之城堡

终于，四下无言
心跳与水之沸腾交替

欺骗之包裹无人受领
盲盒装满过期的承诺

任你挥霍的
也必将使你忧惧

以高明掳获的猎物
正反刍它们的给养，一份真实暴露了

双手

她推门，灯火通明
她脱下黑夜的礼服

"我仍然是明亮的"
仍然有一池水清洗，她走向白色床铺

摊开双臂，"毛茸茸的翅膀"
一只手从水池的深处拉扯

她，使她有灭顶的危险
眼睑沉重，真实的光线眩晕她

镜中似有戏剧上演，大片的水沾湿羽毛
"我不会死去，我只是在梦中遭受了鞭打"

仍然有赞美，在微醺时刻提高了音量的赞美
安慰了愠怒与屈辱

那么，她期待成为拯救她的
另一只手呢

谎言

暮色收拢爱琴海的咸水
晚餐后，你离席去往附近的海滩
星火明灭，空气里沙砾的盐味
我记得梦到过这一幕

循导航我们找到最佳推荐
扁平褪淡的希腊建筑，背靠悬崖或岛屿
独坐的雅皮安静喝酒，我们中的
投机者、中间商、妇女和孩子

尔后不确定的，各种
声音和手势
被插入的来访和电话
我说："如果这些是谎言呢？"

远处海面狡黠的粼光

我没有继续说下去

甜点来了，在你返身之前

我想保持它完好无损

拥抱

……拥抱
需要这种静止，回味过往线索
从我们先后陷落的旧世界

什么是内在的空间
喜剧会再次诞生吗

那些年，与爱情相反的东西，跟从我们
限制我们，狭小的房间

脆弱的日常和恋人
每每恐惧，某日

一切将从大厦的边隅陨落
世界还在，我们不是它的重要组成

再某日，我们讨论
将两株菖蒲安置在合适的盆中
光线填满他们的身体

米克诺斯岛的月光

1

关米克诺斯岛的月光什么事

纸醉金迷　又过了几年
房门上撬开的空洞　仍是新鲜印记

橄榄花与大马力摩托车混合的味道
不合时宜的男女
在热恋天堂　失语的先兆

干燥的东方日常与此地格格不入
食物缓慢　从未打理过如此幽深的海水啊

指数才是法定的源泉
包括平板电脑里纷繁的合约

……阿黛尔在歌唱　一路颠簸的私人机
注定不是他们的方舟

2

只有器皿　还在维持秩序感

游艇已失去海面
　"呵，属臣们的眼神，朝各个方向的桨
原地打转的游戏
贪婪动物们的梦幻飘流"

卧室的光浪失去它将照射的物件
更大的世界失去平衡

再一次，我们
失无可失的欲望
要求维持身体最低的活跃性

只有器皿还在维持秩序感
月光，维持它金子般的光泽

3

永远不要忘记那晚

"倘若眼下即是世界的最后一夜会怎样
你们的面具被月光刺伤
……
未能复活"

德里克·贾曼如此书写

4

一日三餐，镜头里的生活美学

真正的食物在抑郁
冷的风暴弥漫了摆放它的桌子
更辽阔无序的冷在弥漫

"本来争论是美的，
像恣意燃烧的木柴"

斯芬克斯在纠缠
另一片照耀他的月光呢

他过去的花园，他的梦魇
被设置的障碍　鲜艳的诱饵
使之饱暖与安全的
钥匙或芯片呢

5

举杯，频频，露天藤床上的香槟
月光碎落浅水汪

夏日的雨水青涩褪尽
深雪埋进她们的舌头

世界迟钝，不限于女人们

再举杯，像蝴蝶们一致地扇动翅膀

然后，可怕的停顿

"花果无穷尽
飞鸟不啄食"

祝词如斯，殊不知棉花遭遇冰冻
波鞋沉重如疴
更多的时间里，只剩自身的影子与人类玩耍

慌张时，生命才骤然可贵呢
如她们弯腰的一刻
有奔散的月光救赎

6

而她习惯只喝下
一小口的茶

其余的月色
是一天的基调

这座城市所有的艺术

都这般乏善可陈

只能接近完成，而没有什么再能完成
花苞们随时变换时态

冲散它们的潮汐，也许会来
也许永远不来

7

月光被蚕食，直至吞没
像石头抽离母体

大厦因此晃动，无论
它贮存过多少金币，容纳过多少音声
有人仰视或窥视过，黑暗中

迷迭香以匍匐之姿问候
听肖斯塔科维奇的追梦者
花巨大的时间，在空中花园来回踱步

为获一息灵感

月光已在她体内激越生长

颈项突起红或蓝的血管
色彩光影之执着，使她

一会儿翻看陈之佛
一会儿沃尔夫冈

8

偶尔会有切实的自己
生命会扭曲，在延迟或完结前
凝神，光影流淌着不锈钢镜面

没有片刻是正确
正确已长久缺席
美也并非正确

她想起白天的装置
那一刻，勃勃的欲望
指引她屏息凝神，置身
血色浆液般肃穆的现场，新月的能量沸腾

那一刻，她庆幸她知晓
创造会是另外的领地

9

还是过于苍白
被隐形的线牵引着

越过无数河流
何尝不是剧中木偶

在月光营造的舞台——他们的房间
仍以神秘的方式运行

悲伤，会像快乐一样，最后也无声无息
隔绝了，世界因此更清晰可见

最初的月光，从天花板降落下来
寒冷，在透明的骨骼，活着以偿还

但知识的热血
能否教会他们，如何瞻望与回顾

爱如行旅

其一　命定的涵摄

一个回眸，在闷热梯间的转角

盛夏的晚风正检阅
乏味的生活，连这黑夜
也要被陌生的恐惧闯入
让你再次丢失，人生的附加

到底是限量珍宝
还是且斟且饮的好年份酒

——嗔痴与贪
你记得，那幽怨的婆罗门
端坐在豪华休息室

当舷窗的遮光升起
她的面孔，竟也菩萨般天真祥和

人类终究是更神圣的物种
他们会用真诚的眼神
映照出彼此意志深处的渴望

其二　探索

后来屋子变暗，隔着无声的雨
蕨草伏向露台

落地玻璃有石斛兰影子
卵石半陷泥径

杨桃树已结满酸涩的果实
红色鞋底湿而滑

除了远处肥沃而开放的山谷
只有你和你爱的人

结束无尽绮想，将坚硬的寂寞抛回旧世界

需要什么，从此它将柔软

树影变深
更加无声的夜

激情的河流冲破哀毁的孤岛
你们现在就索要明天和永远

其三　暂时的习惯

你们多么喜爱这些暂时的习惯
在快速的行走中感受同步
依偎着喝下香草茶
以为心灵再也没有停顿与空虚的时刻

失去自信的小狗已被认领
环绕着烛光，熟悉的温度，放松
在沙发处留下独有的凹陷
归属与占有！

往昔已成分水
一个声音让你们往前

穿过这繁密的花园
天色仍无比绚美

其四　迷路

眼花缭乱，这回我梦到三盏灯都点亮了
热风吹皱窗户内的鲜花与笺纸
持久的盛夏，重复的美学

吸血鬼的吻痕消逝
谵妄的爱抚暂歇
何来宝藏通灵术？

无人获得永恒的青春
一旦你们左顾右盼
"迷路"的哲学便出现

浪漫的午餐仍在进行
你们耽留了多久
汲汲营营了多久

顺从的身体竟翱翔起来

撕毁那不可靠的地图
闭上眼睛，踏出花园

其五　溶化

你看到，夜影中，冰棱一样稀有的
晶莹的，形状如倒立之塔
曾镇住你们心尖沉稳的爱意
正无法阻止地溶化

你们的梦
用蜜汁与经验打造
因与时光的拉锯
动摇了悔悟的基石
在她唯美的缝隙中再吸吮
所剩不多的甘美

当一丝光亮
从神殿的穹顶向你们倾洒
游荡与慌张
理智仍未可将之收割
若以错误的虔诚回报生活的恩典

顽石

后来，你在黑色中稀释

轻逸地散开，令人想起

檀香木搁浅浑沉的书案

云烟升腾，沟壑中

密集了无数恼人的露珠

淤滞后的喷薄，尘埃散落

唯余虚构的仙气汩汩

然而，另外的可能

当墨色凝固，你坚硬

如蜿蜒溪流中裸露的顽石

显映峭壁苍苔，断不沾染它的潮湿

任灌木垂枝撒叶

任流水击砥时掀起微弱的浪峰

而不拥抱它们的激情

活力而终究默然无语

随意的原点

他们脱下自己跳入黑暗

墨绿色的梦被收纳起来

连同褶皱下的香气

光滑的影子，泛起涟漪

又折成两截，时间凹陷

甜蜜的麻木盛进来

他们戳动点心，在相互的脸颊歌唱

然后她去洗涤火焰

未被熟练使用的一切

玻璃后潮湿的世界

瓢虫搁浅在花瓣深处

她举起一种苍白，欣赏它

在抹去雨的痕迹之前
记住而不怀疑

伫立在更远的风景前
与渐渐变小的影子挥别
昨夜，掌心的泡沫留下闪光的形状
湿透的原木在海浪中飘浮
最美的瞬间

他们找到随意的原点
激荡而呜咽

短暂的幸福

还要迁怒于什么

来赢得短暂的爱

你的手指，时刻撩拨着

人类的呼吸，它们是此刻黑暗中

冷雾与温泉的标界

相互完成

暴虐与宽恕都将是回旋镖

光线逃离卧室

每一次，要对抗

时间还是意志

从廊柱到大厅，空荡荡

酒力是温和的

最终顺从于夜色

再走向无边的花园，露台湿滑
甜蜜的耳语打翻了分酒器
被你称之为"水星的逆行"
文殊兰倒影轻盈，浮上水面
你们嗅到了短暂的幸福

余温

假设它已经结束
即将进入另外的开始

雨滴，落在陌生的地方
曾标注过的路径
禁止我走向你
香气未散
你将抚摸他人之手
感受我的温度

"非理性的神秘"
凌驾于道德，甚至超乎激情

更辽阔的悲伤
我将不再发愿

将你束缚

若有成长与荣耀

是既定的馈赠

若有惩罚

只是命运的巧合

今晚

塞纳河夕照，南中国暗夜

照片中粉红的脸，青年正凝神自拍

时差酒力般发作

以你等之善良，之寂寞

刻不容缓地投入迷人的文字

月亮在彼岸升起

你赢得了一天中更多的自己

靛蓝的话语停歇下来

剪断朱顶红的茎管

将孤直的花朵插入深邃的花器

多么热烈和唯一的今晚

晚安曲

音乐响起

我们之间的黑暗凭空消失

房子轻盈，夜晚似要起飞

深邃的透明中，暗蓝色镶灰的你

完成一天的营造

抬头望向远处的星云

何等的舒缓，认识到我们

将随时空流逝

这段友谊如何长存

用肥沃的虚空铺垫

还是把各自的磨难视为奖赏

然后，对事物与人，用上整颗的心

音乐动荡

我们也可以凌越

用丰富的创造去积极预测

去阻止黑暗不断涌来

音乐回响，重复

直到带领我们跨向边界

愿景

事实。无形的火……或者水
最初它们是富饶的，然后转向
怀疑，纠缠
懒散和无声的颤抖

空虚的理论，在深深的峡谷边缘潜伏着
带着狡黠与恶意
"再在笼子里待一会"，你命令自己
但不能过度耽留，眼前诞生的意象

以千变万化的形式重复考验
你的唯一功课
超越匮乏与孤独
抗拒一个平庸的世界
以生命的全部激情
将无声的祝福发送给永恒

面具或美德

很多个夜晚
因你的不在场而意义模糊

那些家具相互保持秘密
植物窃窃私语

淡褪的画稿陪伴陷入沉睡的花瓶
她，滞留于时空的阴影，回忆

在幽暗中抚摸月光的鳞片
一个梦还未生成，世界已换为崭新

哦，空空的罗汉床
饮剩一半的白兰地

眼睛，心不在焉地找寻什么
真实的东西隐藏着

一个恰当的词，颜色
用尽经验的裙子长度

被知识点燃，而最终
受制于道德的况味

她要求，花朵正好
以不经意的美迎候你

当然，正是你
一再向她揭示美

还有酒，作为美德的溢出
是你为她制作的面具

用来丰富生命，现在
她戴着面具进入永恒之夜

只有房间的光，如亲密的镜子
反射出温暖与真实

不在事物本身

世俗先生

喜欢有雾的清晨
白色樱花　展馆外静静开放
喜欢樱花的笺纸
本阿弥光悦在其上行云流水

我婉约如一曲和歌
告诫自己，给你合适的爱
不能太多，不能没有

但我们已分开航行
明媚的笑意和爽朗的鼻音
成为东京都三月伤感的记忆

柿树上，乌鸦单调地鸣叫
一声声应和着

寂寥，慌张

冷空气味道与炭炉上的河豚鱼
风中热吻后呵出丝丝白气
幻象如斯，世俗先生
激情过后要回归理性的生活

双手高举的圣杯们
如抽中的塔罗牌
它们秩序颠倒印证了你的迷茫
而宝剑皇后或女祭司仍在默默等待

我要醉了，如一枚扑克
疾行在暗夜的日本桥
世俗先生，烧焦的河豚鱼鳍滋味如何
刚才你任性地划着火柴
还未回答我

画家叙事

其一 远处的景致

没有悬疑，生活是随机的
命运之轮将他从远处的景致带来

白色之海，喉咙里的盐
蓝色故乡，童年沙上的糖霜

旁观者，探测者，穿过贫穷的恶意
裂光闪现出苍茫世界

胸腔内的喜剧演员和哲学兄弟们
要么沉默，要么迸发观点的杂耍

钢丝绳让你高，蛇信子让你低
支撑世界，你有粗壮而灵活的双腿

自恋与愤怒不在正见的福音书上
柔软的音乐，将在你眼中一路延绵

其二　灵感

"没有创作，一切都是已经存在的"
东西都闪亮，它们是要来度你

植物与动物，迟钝而不协调的人类
静与动，死亡与活跃

臆想之动作，暴露了轻巧或笨拙的生活
添加表情，显示阅历或修养

一个崩盘的预测
来自高等法官与他的麻将友们

一首情歌飘浮出来
正在消杀的便利店，空空如也

字体在变幻，通向医院和游乐场
答案的密码在地铁的风中飞荡

其三　夜色使他们痊愈

乡道，院落，蛮荒仍在发散
……毫无意义的欢庆感

祥和的色调再次粉饰了天空
丰满的蔬菜，夹杂了体味的尴尬

没有具体的五官而有神圣的神情
帷幕拉开，女主人高举她裸露的下肢

不对称的双手
嘴角悬挂了一株辣椒

主事者低头走过，个个大智若愚
桌椅圈养了男人们

变幻更多的体态，创造更多的呓语
直到夜色使他们痊愈

其四　但兔子绝不妥协

"屈服与习以为常才叫人真正绝望呢"
这只兔子绝不妥协

哪怕它孤立，弱小，身不由己
巨人已站上至高块垒，擦拭他的视野

右手得体而温和地伸展
左手掏出致命法器

兔子略显僵硬，甚至凝固
仍最大限度保持着耳朵的警醒

……持久静默
较量在气场的对弈中展开

感性回归的某一瞬
巨大的掌心似乎递出了花枝

其五　物体啊物体

"物体啊物体
它们不仅仅是猫、骆驼与鹈鹕鸟"

作为生活的象征，它们必须"朴素与离奇"
必须虚构哲理并有适应能力

作为团体的一员
你再次衣冠楚楚

祷告，致辞，对话……然后解剖
对它们"以堂皇的名义行荒谬之事"

工作台冰凉，复古手套略显违和
一把拽住长长的喙，之前它伸首窥探你怀中温暖

没有逻辑
没有意义

其六　栖息之地

小动物们跟随他
像虚弱的圣徒跟随主人

交叉前肢以拥抱自己，挥舞着小尾巴
后来它们躺平在地

为何要如此牵扯与奔忙
道士与诗人们说，休息吧，休息

单人床灰蒙蒙
植物在月光下冷冷闪耀

这是栖息之地，简陋的杯盏与画具
随便摆放也那么美

熟悉的云影就在窗外
你喜欢像雨点那样慢慢落下，回归

弗里达

髭须薄薄，一字眉

丈夫长在她的眉心

左拥复右抱，精灵的墨西哥猕猴

"那是她的情人们吗？"

三十二次手术之后

现实支离破碎，生命黯淡到极处

恶神的意志妄图侵吞她荣名渐起的肉身

应有深刻的天赋与智慧

将灾难幻变为斑斓戏剧

惘然哀情遮不住桀骜气禀

绝然之美蛰伏于耀目绣袍下

而石膏与钢丝的束缚，带来自觉的张力与源泉

一切色彩或形式已在寻常节度之外

血泪与灵肉

焕发出画面中光华重重

是的，两个弗里达出现了

一个曾忍受世间炼狱

一个，创造出惊世永恒之美

安冬尼·格姆雷

……触摸，半空中虚实之线

站立于海水中，"在无尽的地平线伸出巨型翅膀"
变成母胎中的婴孩
蜷伏在随便一方广场砖

这身体，有无知觉灵性
昏无落魄中，独自冥想观望
或索性化为一具十字形棺木

"而烤一块全麦面包最适宜，上等的自律最适宜"
始于母亲开启的每一个早晨
终于日后修行

随后你将种种日常命名

如诗的灵感叠加于经验

一遍一遍，将自身翻模

荣宅刘野展

新雨在肌肤上的触感
从漫长秋日幸存下来的事物　在上海
街头（无论何方圣地）
对照过往时节　我们最难渡过的河流
依然爱欲两字横亘

这件事　像矢志不渝的"艺术家"
在荣宅门口做蒙上眼睛的姿势
在作品前倒下做捂住胸口的姿势
慧极必伤
而有必要以此对照我们——

因对美的沉溺而失明
因对爱的痴愚而轰然倒塌

刘野之黄玫瑰

一个贯穿思考的张力
夸张而失真地强调着什么

黄玫瑰从日式花瓶中远远斜逸出去
与自拍时的手臂惊人一致

我来回走动
实现对美的可能性之无限臆想

古人曾这样描述
玫瑰一名"徘徊花"，实非幽人所宜佩……

女艺术家

出于磨难，更多地
出于本能，喜悦或悲伤，或出离于愤怒
捕捉记忆，直到知识的一个侧面被唤醒
将某种元素添加或缩减

研究它的超物质性，线与质的关系，稳定还是流动
一面镜子，由光学技术带来的殊胜视觉
巨大造价附加的高贵感，飞鸟在顶空掠过，渺小人
类在其左右行走

总有一次被照到："颠倒的世界"
一块血污，泥浆，被摔打，堆叠
或在机器中让他们随意分化
观看他们的色彩——纹理——节奏

也可以触摸，一个虚空的孔洞

是物体投射在墙面的阴影

看起来湿润的布料，有一个哀毁的造型

或直接凿穿地表，仿佛身体的漏斗将要"坠入
地狱"

无论何种形式，哲学是核心问题

是否超然物外——坚持

思索与磨炼

神奇之物也许最终显现

不在事物本身

记忆中攫取的颜色

唤起经验

让色块冰淇淋般融化

处理它们的结构如同抓拍的瞬间

有人匆匆离开

窗外正在成熟的果实

与你经历了同样的光

沐照，反思

不在事物本身

拓片

拓一些过去的碎片
记忆中，留下告别的形状

仪式感，一生中最吉祥的时刻
朱砂色的"欢喜"

句子的碎片
极有诗意的两三个字，摩挲不已

画几枝梅花与松枝
尊贵的器皿与铭文更显突出

给铜镜光滑的正面
添上四时嘉果

骑着狮子的菩萨那帧挂在书房

加持我们的文昌

镜花园看展

名为金镶玉的竹子
闪耀着光泽，展厅内寂静
衬托着作品的孤高

屋檐下，满溢的水池
你听到敞亮的声音自竹节流出
或者，蒲团静静，花园在时间里逃遁

小心调整，美颜相机搁在寄生斛根部
阴影与松果体影响着表情
母体的面貌复制了你，唤起你的警惕

无从隐逸，使君子，含羞草，山菅兰……
遇见它们不是偶然
陌生的事物仍然认出你

淡泞的色彩，呼应着作品
浅月被描绘在象征家园的瓦砾上
抵牾了对荒诞的批评

绕开有毒植物，植物间喧嚣的虫鸣
你知道将守护最终的寂寞国度
对热烈岁月的怀念，更强烈了……

问题

无数盛开的玉兰

靠近我的那一朵

砰地碎裂了

我嗅到它们纤弱的叶瓣

芳香和纯洁环绕我

凋零之前

"芳香和纯洁"真实存在过吗

之后

它们仍然存在吗

留白

没有完美，有时光线欺骗你的视力
如果角度恰当
卡纸的金粉才闪耀，尤其好看

有时音频响起
搅乱勾线的节奏
一些影子从山水间冒出来

模糊你的精神主题
孤禽偏栖，远雁高飞
战乱与政变，饥荒或时疫

更不胜数的影子们，忠臣
逆子、荡妇、隐士
而不复温情的生活

意象清晰起来，你沉默
浅喜，想到事物的幽默性
悲剧性。留下更多空白

意象

竹子斜伸过来
细雪残留在青灰的枝桠
你将它们铺排在扇面
务实又务虚

一天可以满足地过去，也许一生
问题在于，你厌倦了表面的温柔

真实的生活隐于纸背
庸俗与轻松的方法，甚至不够
假装满意你构造的一切
悲喜美丑已是次要

沉寂下来，无非是哲学
观念更是漫天飞雪

你当日夜浸染

等待它们更趋严肃而完整

重拾

像黑暗来临
变成血液的颜色，心脏跳动的声音
尝试更大胆，向外

假设神也有着知觉
愤怒，躁郁，在高压下呼吸紧张
除了药物，给他配老花镜，吸氧
让他冒险，推倒罗马柱

迷人的微笑爬上阿波罗的脸
如果一切经验与计划失败
解构你的世界又重构它们
轻薄的人无法认清现实

在贪婪的欲望中

身体的磨难也不足以警醒

直至丧失一切感观

你要做的是

借神的旨意

将它们重拾

雪中展览

德加与他的模特聊天
你与你的花园

一截朽木，一段文字
是双重发明

白雪埋掉一半的雕塑
带来末日感与未来感

活在一切危在旦夕的年代
你说，"做你们自己的先知"

蓝色的作品

与繁琐告别
让化学家来帮助我

"我需要一种绝对的，纯正的，理想的
颜色和气息"

裸露身体，去随意尝试
以火，以坠入虚空的方式
任速度产生的风雨，日晒留下的痕迹

但是最后
向我保证
将饱和的生活拒之门外
只给我一面天空

或者海洋

"蓝色只能溶入蓝色中"

南海艺术节

鱼在树上随风力摆尾

早春寒冷的光里

一块顽石被铁架支在半空

新鲜的枝叶围绕它向上伸展

致敬自由的渴望

把我们带到这里

听天牛的叫声

看渔线被巧妙地织进巫女的长袍

穿过拱形的"虫洞"

在蛇形装置前彼此靠近

它在哪里打结　它在哪里终止

人生的路径何其相似

仿佛更高级的时空将我们洗礼

幽默与机智正在回归内心

对艺术的见解

开放着方便的大门

别让谈吐与举止的克制妨碍了此刻的兴致勃勃

骰子飘在半空中

在英式庄园写生

中式的情绪收敛了
"将所有颜色归之于水墨便显得偏执"
人生本来朴素的
若是点染些粉红、石绿与鹅黄

正是庄园夏日
金樱子陪附着灌木丛
绣球与飞燕草勾勒出一隅风雅
松鼠与它的巨大尾巴
在草坪边缘飞快地窜过

忧思奔忙的我们，停留在
参差的醉蝶花与萱草边

"将干未干时最美啊"

一页写完

酷暑倏尔转入峻峭的阴凉

我们也渐渐适应此等节奏

台场之自由女神

海螺的回音光滑

仙人掌做成"芒刺"面具

在墙面，暂时和谐

但保持内在的反向逃离

孤独的船长救起落水少女

穿吊带的情人在细碎的晨曦里来回游走

两者似有呼应

此刻你想起故事中的女人

一切都将变化与稳定

喝酒时你甄别事物的本质

并以为窗外漫天镶金的云彩下

那个自由女神就是当下你自己

黄昏威尔士

坐一辆旧的火车
越过圣乔治海峡

阳光碎落海面
草垛正凝固金色大地

有时，一株瘦弱而斯文的野树
于疾驰的窗幕隐现

我略显臃肿的身影，在古老车站
迅速定格成一次回忆

不是宿命无法抵达
渺小，偶尔又激烈的人生

此刻，穿行在威尔士乡野的黄昏
没有任何人事在我的脑海浮现

威尼斯一日

水汽中升腾的圣马可
女郎与宠物狗偶尔对视
好比去除雕饰的意式咖啡

若天空再有光鲜的云影
丰腴如鲁本斯童子面庞

多么美妙的"云上日子"
10 月 15 日，火车经过费拉拉

倘若我们知晓，毋宁在匆忙的时辰
置身于苍白而自我怀疑的现实

不如去讨论
那座海边的浴女雕塑，或去品尝
暮色中薄薄的玫瑰酒

西班牙广场

晚霞是

鱼肚上鳞状的粉或白

在微微刺痛中

散发淡淡血腥

以及想到

我们整日懊丧的面孔

骰子飘在半空中

本来永无交集的乘客，干脆，一副捎客的表情

阳光搭上你们的便车，旧年代多么宽容

一起去找供应商，顺便寻食探店

等待透支与刷新的，是更广阔的道路

险奇之处应有尽有

保持方向

如骰子飘在半空中

你长长地憋气

明亮的粉紫一旦出现在隧道出口

紧张的肩膀，缓缓松开

接下来是什么

仍然是梦境中的空穴来风？

当晚霞靠拢勃朗峰的山色

控制更加松弛

有温度的掌心，忘却交手时的芒刺

长草地，柔软的蝴蝶

从后视镜的光晕里——掠过

你的神情，丝毫无误的镇定与垂怜

这一刻

1

诸多梦境中

你常常参照儿时的某个

命运也仿佛以此暗示

斑驳的树影旁，闪出一只毛茸茸的兔子

当你触碰它的耳朵

它突然消失了，你只好等在窄路

任风吹叶子飒飒而响

珙桐下卑微的杜若

青苔正爬满一旁的圆石

……你也再次宽宥了

生命中又一桩失败的事情

2

有时你想加速你的幻觉
但是它不能
它停留在原地
甚至倒退，消失

你假装站在悬崖
俯瞰幽蓝的海水
或者回到某个深夜，学紫式部
从枕头下抽出纸片
记录突然闪现的灵光

黑暗中，房间会飘雪
水仙埋在乌金釉的浅盆
你的心清凉洁净
知道有些词仍未出现
包括爱本身

3

那是在旅途中的某个时刻

邮轮大于了港口

我们大于了邮轮

而远处的世界——

幻美的星辰或云海

以及长久地并存于我们身体的

随时随地想要抒发的一种情绪

产生了

4

雨好极了

这一刻

夜晚的情人

就是雨，或者我

彭布罗克郡的一天

当威尔士绵羊和红嘴山鸦

在草地上出现，星星点点

它们期待与蓝铃花组成和谐

海岸，柔和，模糊，在你沉默的周遭

充斥着不稳定的空气

蜘蛛蟹在沙石里来回跑动

偶尔夹在趾间

如乏味之人吐着毫无意义的白沫

异时同图完成的叙事

使秘密与暗影布满舞台

真实的气息不再流动

惊慌的波浪和

飘忽的风延续着夜晚

然后，归于平静的，巨大的海

与一天的命运逐渐和解

摩天轮

桥梁即将开通

不要再回望

也许几十年仍不够

维持我们的想象，往返自由，不曾拥堵

但海水戴上了晦暗的面具

流动不再透明

变回朴素而冷清的街巷

委屈，拒绝接受界限

远远看，摩天轮

恰似粉红的乐高玩具

不再有恣意闪耀的霓虹

与它组成同心圆环

高楼的外壁

字母被清除得很干净

但真实的光影未被击败

它们暂时在高耸的阴翳间休憩

赢的法则

那时他还有一根最后的绳索
坐在红绿指数的屏幕前
抓住时间

一踩油门，仍可与盛年幽会
在郊外的钓鱼场
倒影疲软，被鱼群
反复嘲弄

钩下空空荡荡

湖水涣散
飘忽的云暗示着

命运已到达黄昏

和解的程序迟迟未来

他的心在习惯中坚持某种逻辑

终其一生

赢的法则无路可循

偶然地

每一杯咖啡，平淡的交谈淹没其中
平淡使人厌烦
在无聊的生活体验中，看不见本质

同时，偶然地，本质会显现
又一天，阳光亲吻我们的影子

在玛瑙寺新开的咖啡店
野生的风景正如一个未被预设的世界
新的页面突然弹了出来，刚刚

她内心的声音还在叹息说
"哎，试过了，没有用……"

模糊的，流动的

河在窗的远处静静流淌，那幽蓝的
深邃的天色在模糊摇摆
跟随风吹动的柳枝

这模糊便是生活的哲学
它以严酷的当下考验我们

列举现实种种命题
他蹙起缜密的眉头
趋势貌似是明确而悲观
但自信的微笑随即爬上眼角
他晃了晃手中的威士忌

"看，结果是流动的！"

一个平淡的早晨

即将离职的服务生
对大厅保持最后的笑容

"昨晚您睡得好吗？"
重复而庄敬的问候

你也要和颜悦色，点头
并且巧妙地，轻举咖啡杯

苦的味道，一点点地
被浅尝，吞没，漫延……

每一口
仿佛一种切割，止损

精致的面纱脱落

密闭的堡垒，从各处击破

去尝试判断，小心求证

串联出其中的因果

世界以你感受的变化而显像

现在，去构建更立体更智能的王国

去寻找自由与自我完善的道路

用生活惠赐你的微妙经验

雨之卦象

香樟树与水杉之间，她的目光

停留，在叶片雨滴的悬崖

少女时代梦到过的

跌宕，乖戾，毋庸置疑的一桩插曲已成主旋

那出著名悲剧的转世

透过画像中祖先的眼神

就能读到，一丝诅咒隐藏在时柱的干或支

而何等的福气

她会耐心收集累世的故事，梦

去强化积极的预测

却从不说出，人间的苦

是晦浊磁场中用廉价戏法维持的堂皇

当急功近利犹如灼热的喷流渐次冷却
用温暖的远光束来点亮余程
当失去爱情，雨，涣涣然
在目之所及的天地间凭空消失

时间一直和我们一起

时间一直和我们一起

你快乐吗

它是个浅薄的词

说明人类的创造力也会穷尽

以前这里一片明亮

我惧怕未到天亮就苏醒的时刻，强烈的愧疚和
悲伤，既不能向前又不懂返回

更无法停留在原地

但我能感受你，拉我的手

这个世界就是要让你在嘈杂中辨别清晰，在庸常中坚持唯美

混淆和模糊

宝湖酒家坐着干净的你

那天我在皇后大道，天桥的阶梯上鸽子扑腾而起，眼前全是翅膀和灰蒙蒙的行人

要像找回密码一样去找回感觉

我也梦见过我们一起行走，然后光速一样停不下来，直到看见沙漠里蓝色的冰山

始终是，美好的事物入你的境

不，深沉的事物

我需要更多的时间

时间一直和我们一起

一次回忆

竹节笔直向上，光滑如水

最晚的光穿透下来，簌簌之声

等待，情绪的迷障，在风中翻飞回转

与涧泉，泥石合而为一，盐分流入你的眼睛

也许听见一叶孤舟倒扣

隔着狂雨突来的湖面，声音消散

有人越游越远，不再回头

仿佛前方才是重逢的地点

你捧出日夜练习的花瓣

层层铺满

刻在秘密石洞无形的文字

先知的训诫，未名妇的墓志铭

在指尖栩栩如生

溢出纸面

桥在等它的马蹄，燕子不归

空留旧年之巢，春天的大地湿润

而竹林中闪烁着光斑

也许将唤醒

蛰伏在松软枯叶后的蝴蝶

那些逃逸或缺席者

在浅尝生活的快感后

终会被痛悔击中

而你愿加倍珍视时间

在应许之地，做那旧传统卓越的守护者

祖母

其一

山还在那里，溪流
黄昏的星慢慢变亮
你在岔路上等
大地变冷，又温暖起来

等待，在一生中将是慰藉的力量
孤独感，羞耻感
童年的青涩与软弱
仍在向你呼喊
女孩的内心，微笑起来

而你始终复制平淡的日常
一无所求的眼神带来安全

你说

"都不要紧的，随它去"

其二

当你的肉体消失

岁月的轮子又滚动了一段距离

世间魔法慢慢在印证

朝向因果定律

少女，那时活在当下自我的小圆圈

从你明确的眼神里

分辨众多的道路，有一条

风雪里你等在归途

另一条，未被指引而更有活力

等待权威与无聊

你不再提供见解

从洞穴里走出来吧

"人应当有好几个世界"

野猫们在桂花树下聚集

乌龟病了好几天

"懒惰就是人生中最最不应该"

这些回声持久地

与流动的空气融为一体

汇入春天夜晚潺潺的小溪

散落葱郁的山谷深处

无边的宇宙中，你的凝望仍在

呼应着少女的憧憬

藤床的香气绵绵

仿佛你的温度从未离开

时间也不抛弃她的孩子

孤单，懦弱，最终会慢慢羽化

她的回音，从静默变得羞愧

而越来越炙热

终于在四下如旷野的一刻

呐喊起来，奔跑起来

越来越快

漫长的一生已半
神圣或美好的事物均已脱落它的冠冕
干涩浑浊拖曳着一副肉身

儿时你围裙边安全的地界
仍是我延绵不尽的宝矿
你浇灌的养分，播下的种子
是一座可以移动的秘密花园

它们庇佑我
我一部分天真的灵魂
将永久栖息在它繁茂的枝叶中
而更多的无畏与勇猛
将随最粗壮的一支根系
深沉地投入土地

心理医生

"托尔斯泰训练了我读故事的能力
否则公务员的生涯十分有限"

谁知道后面来了这么多故事!

喝咖啡时
你一句话也不想说了
陷入深深的咖啡色圈椅里

椅子在执业后一直跟随你
辗转一个个工作室
直到搬进走廊最后的那间
"有隐藏起来的安全感"

更久的是《安娜·卡列尼娜》

两本《忏悔录》

你指指桌面的 A4 纸

我注视那些分行的文字

那不是诗么

"我做的记录"

世界变化得那么快

人人都被灼伤

我借助于诗

他们借助于你

凯伦的出发

出发

不停地出发

全神贯注对着脚下

白番红花的种子在移动

明年春天她在另一个地方

灵魂要装下哪些

先不追求它的深刻

忘记名字，性别

跟随直觉的风，丰富的蓝

数完头顶的星星

从炉子内壁取出烤馕

骑上热烈而难驯的马

转场去寻找更肥的草原

谁不曾体验生活的困顿与新奇

守候已成为过去的咖啡

灵魂在泛出新的泡沫

云杉与冷杉教你将根系横向生长

现在，你有了一双哈萨克姑娘一样

幽深而执着的眼眸

凯伦在亚伯来

大朵的云连接着草坡

雪山披着白色尖顶，深邃的

蓝色底座与森林融为一体

现在是亚伯来的春天

在远方我喝她寄来的玫瑰茶

她一边赶巴扎

一边在视频里大喊

对着无人应答的石头山

果子沟的杏花开了

女主人夏陶做完手抓饭

要喝一点酒，"酒是魔鬼，也要看点书呀"

好了，她们拿起书去跳舞

倒春寒来得厉害

西风说刮就刮，掀乱了她们的头发

一只猛禽在寒冷中收紧翅膀

暮色潦草中她匆匆打出"全剧终"

仿诗

烈日下
病房外视野所及
一小片未被开垦的绿地

与市井的烟霾融为一体

隐约的人声与车水

灰蒙蒙，蔫耷耷的灌木
和我在颤抖

执着

到最后
你平躺如受刑的耶稣
我们执着于，不能失去你
活火山一样的生活

个体那么重要吗

开车出医院
隔着玻璃
远远地
那些建筑里的灯光
我举手轻轻一抹
它们瞬间化为一体

不存在区别的意志

海岛女孩

空气又变得湿漉漉，晚春黏稠的
夜晚，烦闷
无声的交流，季节与内心
共存，辗转，默契而不停歇

看不见的原乡，飘荡，移动
它将离你更淡，更远

手指间的月光
和男人黝黑的笑靥
如鸡蛋花一朵朵落下
苍白转而暗哑
一如男人的嫌恶与不忠

欢快的章节已落幕

变成无法接通的联系方式

用刻薄话过招

在虚高的语气中流失他

对于告别，她练习了好一阵子

终于兴致勃勃地将倔强描述为"成功"

有时，她也悲伤地想到

一种单纯而模式化的生活

将在无尽的时间与工作中展开

过去将随浪花消逝

不再为你所依赖

你所剩无几，只管紧紧掌握现在

赠美人

无可救药的迷人微笑
在雨刮摇曳的玻璃后晕开
模糊地，漫游世界

如无数幻影合成，奶酪色的郁金香
粉中透紫，脸庞
装饰着庭院，空旷

软塌塌的圆床
陪伴画具的黏滞，夜舞时
注视影子拉长身体，描摹它们

而不允许，在褪色的皱褶里
坐失优雅的激流
肉身并非生活本身

她学会了在紧急中冥想

早春的花粉，在她下颌
微微地制造着紧张

夜一来，她就要在雷声中行走
如果有一个消音器
她会瞬间抵达纽约
成为戴上口罩的奥哈拉

丢失了咀嚼也不介意
疼痛会穿透狂风暴雨
诞生最匹配的词语

那是图书馆后街的午餐时刻
朋友们聚集过来

她手指伸张着纤弱
试图弹奏大段的拉赫玛尼诺夫

……后来，她学会了在紧急中冥想吗

设计师出来谢幕

一束束花川流不息，雨落进 T 台
灵感冲击她的胸腔
微微耸起的青果领，裙摆间的风浪

从前小跑的节奏
常使她绊倒，像一把扇子打开
又在无人认领中合拢

心不在焉地，期待着
鹭鸶有一天走出她细细的影子
歇息，轻舔羽毛，而她的喙还要用来建造

瘦弱的翅膀是纯粹的桨，曾给她唯一的力量
男人们离去了
但航行的意义仍在

如果有另外的土壤

她也会重新渴望

崭新的植物，落日与水源

泮塘之约

这次我们把玩珊瑚与民国的象牙书签

小字隐约现出："一砚梨花雨……"

南风吹来，供案上佛手飘香

轻轻开了一角普洱，你说

茶要冲给深情之人

湿润的龙津西路，此时初夏

文塔倒映流波，十三巷的浮华

画舫摇曳，载一程练唱的粤剧小生

荔枝园，影影绰绰

穿旗袍的女人信步走过

前朝或是今生

华林寺前，五百罗汉熠熠金身

拨开莲藕与马蹄，桑田曾是一片沧海

吃过艇仔粥，拜过北帝仁威庙
我们又是那芸芸众生了

而新的山河正活泼泼呈现
（如今我是湖上吟诵的诗人）
逝去的事物仍在召唤
我们对坐畅谈，格物为镜
任滚烫的时事流淌指尖

晚宴

出生地，教育背景，经济差异
拼成了长条形的桌子

她，穿了一条九十年代的裙子
必须说，那不是憨厚
是一种近乎谄媚的小心翼翼

我也不该被你们所鼓励
从爽朗到犀利的落落大方
今晚的价值观
生成了模糊的界限

恭维与附和的笑容交错光临
有人播下种子
相互致敬以验证判断的初芽

能否破土而茁壮生发

你的慈悲在于并不区分

多数人的贪婪与懦弱

当某个争论或玩笑过火

你怪罪于频频举杯

火焰清澈

融合，与低处漫上来的醉意
在渐钝的思维中，捡拾跳动之音符

星夜，我们谈论过的时空，再次变幻摇曳
部分情节业已验证

你有湛碧的双眸和不凡的犄角，少年
搁高白皙的双腿，夜以继日置身一盘游戏

窈窕猫们在圆桌边逡巡觅食
窗外，世界已破落，战火在远处燃烧

摩天大楼与高架桥一再展期
华丽战袍与饕餮美食的定制者正下落不明

而你依然透明，用笃定而活跃的指尖
熟练地显现

青山，沃野，劲风疾草
复制英雄的美名，俨然一派生机的世外桃源

偶尔，能量低迷时鬼魅袭来
你允许它们沿道德的虚线悄悄潜入

瞬间的重蹈劣轨但及时纠正
这时，夜色从沉醉中缓和

永恒之神降落你的眼帘
它们重燃清澈的火焰